우아한 일기장

한정우 시집

우아한 일기장

달아실시선
66

달아실

보조 용언과 합성 명사의 띄어쓰기 등 본문의 맞춤법은 시인의 의도에 따른 것임.

빗장을 푸는 건 숨 가쁜 경험이다.

숲속에 버려진 녹슨 창고의 빗장을 푸는 것처럼
빗속에 버려진 그날의 일기장을 여는 것은 숨 가쁜 일이었다.

여기, 비의 서체로 쓰여진 나의 일기장을 공개한다.

2023년
한정우

차례

우아한 일기장

2부. 국지성 소나기가 극성으로 퍼부었다

3부. 오래 머물지 않기로 했다

4부. 산새들의 목덜미에 작설이 돋기 시작했다

1부

무척추의 언어, 무척추의 날개

나비는 뼈를 버렸네

제라늄 화분에 따라온 나비가 나비를 불러
집 안이 호접으로 가득 찼다

모나크나비뼈, 사향제비나비뼈, 부전나비뼈, 모르포나
비뼈, 뼈, 뼈를 버린

무척추의 언어 무척추의 날개

손가락뼈가 없어 부드럽고 가슴뼈가 없어 순하구나
숨소리에도 모서리가 없어
친밀하게 내밀하게 더 가까이 다가가

세상 자유로운 나비를 사랑했다

몸 밖으로 뼈를 버리지 못한 나,
산제비나비 한 마리 키우고 싶지만
구석구석 모난 뼈가 많은 내 안에는
나비가 날지 않는다

잡았던 날개를 놓아준 두 주먹 사이로
푸른 공간이 생겼다, 푸른 공간을 날아 떠나는
날개, 날개들

놓아주어야 할 것이 날개뿐일까

빈방

이 비가 그치고 나면
정류장을 떠나기로 했습니다
빗속을 달려온 버스는
천리로 가는 사람들을 기다리고 있습니다

천리로 가시나요?
아니요 비가 와서 잠시 이곳에…
비가 멈추질 않네요
천리보다 먼 곳에
구들장이 무너진 방이 하나 있어요
지붕도 벗겨졌어요
비가 오는 날에는 방안에 빗물이 넘쳐
누워 있던 날짐승이 뛰쳐나가고
빈 침대는 저 혼자 둥둥 떠다녀요
빈 수저가 딸깍거리던 식탁은
물 위를 이리저리 떠다니다
기둥 모서리에 무릎이 부딪혀 물속으로 가라앉았죠
너무 우스워서 배꼽이 덜렁거려요
물이 가득 찬 방은 흔들거리는 버스보다 재밌어요

저들은 재밌고, 나는 방으로부터 떠나와

점점 더 멀리 밀려 나와

천리 밖으로 떨어져버렸죠

나의 방은 차고 음습하고 너무 멀리 있습니다

차고 음습하고 긴 이 비는, 당초에

ㄱ치지 않을 걸 나는 알고 있었고

비 오는 정류장은 내가 떠나지 않을 걸

이미 알고 있었습니다

죽거나 혹은,

바다로 가는 강릉발 고속버스는 지금
예보 없이 몰려온 먹구름 속을 혼신으로 달리고 있어
곧 장대비가 퍼부을 것만 같은 깊은 두께의 구름
마침내 천둥을 동반한 짙은 먹색 비를 퍼붓기 시작했어

집을 나서기 전, 비둘기 날개처럼 펼쳐 넌 옥탑 마당의
하얀 수건

비의 무게로 휘청이다가
먹비에 물든 비둘기 날개 되어, 툭툭 떨어져

죽어 있을지도 모를

거친 비가 쏟아지면
좁은 마당은 젖은 비둘기 날개로 가득 덮일 거야 덮인
적이 있었어
버스를 되돌려 옥탑으로 가는 동안 모든 상황은 이미
끝이 나 있을 거야

아 그예 죽었구나

햇볕 펄펄 끓던 여름 한때,
옥탑의 기온이 상승한 만큼의 높이로 비둘기가 날아올라
기어이 날아간 적도 있었어
그곳에는 아무것도 남아 있지 않아
너무 춥거나 엄청난 비가 오거나 무지하게 덥거나

죽거나 혹은,
아주
날아가거나

강릉발 버스는 먹구름 속을 막 통과했어

대문

빗장이 풀린 채
대문은 그곳에 오래도록 매달려 있다
대문 끝에 걸어놓은 풍경이 밤바람에 흔들릴 때마다
별들 몰려와 가슴을 짚는다

저 문을 열고
아흔아홉 번의 봄이 오고
유성처럼 가을이 소리 없이 다녀갔다
새는 등 위에 흰 구름을 얹고 건너와
마당가 대추나무에서 녹색의 계절을 살다 가곤 했다
어느 새벽 다급한 손이 등을 후려 잠에서 깨어났을 때
검은 날개를 펼친 늙은 영혼이 새벽 찬 바람을 앞세우고
대문을 나서는 것이었다
나는 밤마다 마당 한가운데 서서
쏟아져 내리는 별을 다 받아 삼켰다
별을 삼킬 때마다 눈에서 왈칵왈칵 참꽃이 피는 것이다
흔들리는 착란의 순간을 어둠의 뒤안으로 밀어내고 있다
나는 드나드는 별과 바람의 파수꾼,
바람은 낡은 문 앞에서 방향을 꺾는다

이제, 저 높은 벽기둥으로부터, 족자 속
대문을 내려놓을 때

산국

어두워지려 하자
마지막 햇살이 들창가로 모였다 흩어진다
가으내 노란 산국을 피워 올리던 꽃가지에서
마른 가시가 꽃씨처럼 날린다
가시가 허옇게 말라가는 사이 나는,
얇은 살가죽의 맨발이었고 맨발은,
당신이 지극히 사랑한 산국의 가느른 목을
지그시 밟고 가을을 건넌다
가시에 깊게 그은 살가죽 속으로 핏물이 들어
한없이 부어오른다
혼신을 다해 나는 이별했지만 산국은
극악한 울음 대신 웃음소리 거칠 뿐
죽어서도 노란 피를 쏟으며 끝내
그림자를 짓지 않는다

지고한 영혼이 나를 떠난다

다시는 돌아오지 않을 그 마당, 죽은 풀 위로
처음 발자국인 양

초저녁 산국이 노랗게 흔들린다

떼뿌루여

해풍도 붉게 물든 일몰의 떼뿌루여
급히 휘어지며 바다를 감싸 안던 붉은 해안선이
너를 본 마지막 얼굴이었니
수평선에 어슷 박혀 비예하는 눈썹달은
내게 던진 마지막 문장이었니
얼굴을 씻기던 차운 손이
나를 밀어낸 마지막 파도였니

해변가로 밀려와 짧은 생을 누인 어린 물새야
엉치를 끌며 동죽을 줍는 저 눈물 비린 행색들아
패총 더미를 기어나와 소금바람 위에
다시 21세기 조개껍질을 쌓는 나릿개 아이들아
안녕 안녕

나 이제 떼뿌루를 떠나리
더할 나위 없이 느릿했던 바닷가 늙은 개가
내가 격하게 입 맞췄던 소야도의 마지막 숨소리였니

다 놓을 수 없어서

나, 아직 내륙에 닿지 않은 거니

묘묘猫墓

마당 밖 낡은 의자 위에 등신불로 앉아
맑은 햇살이 되려 한다
오늘은 노랗게 핀 민들레 꽃밭을 질러
그냥 흘러가는 것이었다

털끝에 바람도 씨앗 한 톨도 스치지 않으려는 꾸꾸가
결벽을 앓고 있다는 걸 인지한 건 고뿔 때문이었다
늙어가며 고뿔이 잦아지더니 세상을 멀리하기 시작했다
밥그릇을 피하고 발소리를 죽이고 누워 지내는 시간이
늘었다
등 위로 떨어지는 저 햇살만 놓치지 않는다면
얼마간은 더 민들레꽃을 볼 수도 있을 것만 같은

몰아쉬는 숨에서 몰아치는 바람 소리가 났다
흰 털빛이 흙빛으로 돌아가는 순간이었다
잿가루는 민들레 꽃밭에 털었다

등뼈 솟은 묘묘 위에 하얀 민들레다

노루실 사람들

무너미고개를 넘는 사람들

무너미고개 너머
노루가 모여 살던 마을
오백 년 나이테를 두른 느티나무 아래
노루 궁뎅이를 닮은 늙은 여인들이
궁뎅이를 맞대고 살고 있다
오백 년 옹이 박힌 손등마다
새순을 틔우며 살고 있다

노루실 사람들은 무너미 하늘을 바라보며
밤마다 흰 노루 꿈을 꾼다

노루실 사람들, 그 후

누군가,
한밤중
카카오버스 앱을 열었다

강풍에 아파트 창이 흔들리는 자정
노루실에서 출발한 난실리행 버스가 떴다
낯익은 느티나무가 보였다

다시, 앱은 열리지 않았고
결국 버스는 오지 않았다

죽은 느티나무를 실은 장의 버스는
지금, 행방불명 중

육중한 장의 바퀴는 잠자는 나의 목을 누르며
날카로운 비명 속을 이미 관통하고 있었다

'노루실 사람들'을 쓴 후 사 년,
그곳 오백 년 느티나무가 죽었고

노루 궁뎅이 닮은 늙은 여인들도 죽었고

그때마다 자시子時의 카카오버스 앱이 열렸다

파시

섬은 파도의 시작이었다
서녘 끝까지 밀고 간 파도의 끝이었다

항구가 사라진 묵언의 해변
그 밤, 민어의 파시로 흥건했던 항구는 한순간,
휘몰아친 태풍에 가라앉은 마지막 파장이었다

난파된 어선
난파된 항구

항구를 받쳐주던 전봇대 쓰러지고, 등불 꺼져
고요히 퇴적되어가는 사구가 남아 있을 뿐
전봇대 길게 묻은 모래언덕과 바닷바람 사이로
밀려온 늙은 고래 지느러미가 말라 있을 뿐

후미져서 파도의 그늘뿐인 목기미 해변

항구가 사라진 바다로부터 밤이 오고, 밤이 오면
고동을 불며 난파선을 걸어 나오는 죽은 어부

다시 전봇대가 세워지고, 항구가 세워지고
아무도 없는 파시가 열리고,

파도의 끝이었던 그 섬

마분馬糞

한때, 경마장 근처 이웃이었던
선바위마을 사람들이
창문을 열고 불러대던, 그때처럼

이젠 뿔뿔이 흩어진 그 사람들이
스마트폰 창을 열고 부윰해진 화면과 흑백 이름들을
꾸역꾸역 불러들인다
코를 찌르는 말똥 냄새가 미세하게 날린다
화면이 정지된다
목젖까지 달려와 독하게 엉겨 붙는 마분은
과천벌을 달리던 검은 말들의 질주,
과거를 달려 창의 경계를 넘는 말들이
끈적한 눈빛으로 화면을 응시한다

목젖을 더듬는다
달려오는 말발굽 소리 창창하다
목젖을 지나 다시 창을 향해 내달린다
확대된 화면은 말발굽 소리를 따라 빠르게 움직인다
자욱하게 창을 덮는 마분

창을 닫는다
말발굽 소리 멀어진다

순환 버스

미루나무 언 가지가 북풍에 툭툭 잘려 나간다
단단해지는 겨울 저녁 아래 누가 서 있다

결빙의 시간
겨울과 여름을 오가는 순환 버스가 이 마을을 순환하
고 있다
마을 끝에서 우리들의 겨울 저고리가 펄럭이고
끝나지 않을 순환의 고리에 매달려 우리는 지금
결빙의 시간을 건너려 한다

아직 가 닿지 않은 반대편 대지에는 해빙의 물이 흐르고
썩은 씨앗을 골라내는 따스한 손과 바람이 있다
우리들은 곡식 창고가 길게 늘어선 광활한 대지 위로
간혹, 새들 날아드는 하늘을 목격하기도 한다
황금 들녘을 차곡차곡 쌓아둔 곡식 창고가 팽창하고
팽창하던 벽이 허물어지면 우리는 다시 겨울로 가야만
한다

우리들을 연결하고 끝내, 끝나지 않을 겨울을 건너려는

순환의 고리, 고리

겨울 저녁 아래
누가 결빙의 시간을 서 있다
순환 버스가 멈춘다

카페 同人 1985

한 풍경이 흘러갔다

담쟁이가 주인 없는 담을 넘는다
벌건 속살을 드러내던 능소화
올여름에는 피지 않았다

역병이 길어지는 동안
우리들 방학도 길어지고
일몰의 그림자도 짙어졌다

수업 후 동인에 모여 따뜻했던 시간들
턴테이블이 멈추고
긴 탁자에 놓였던 어묵탕 국물도 식은 지 오래,
제자들 그윽한 저녁 풍경을 온몸으로 품었던
노시인의 따스한 의자도 더는 볼 수 없어

사람들을 기다리던 대문은
세 번째 봄을 넘기지 못하고 아주 잠겼다
나무 빗장 밖에는

아직 돌리지 못한 발길들이 서성이는데

우리는 역병을 예기치 못하고
길어질 방학을 예기치 못하고
추억의 몰락을 예상치 못했다

무언의 더딘 세월이다

그 많은 풍경들
담쟁이 담 밑에 고이 묻혔다

어비울을 아시나요?

흑백으로 기록된 낡은 산수 한 점
사진 속 머나먼 마을, 어비울을 아시나요

퍼붓는 장맛비 다 들이마시고
은어 떼 출렁이는 물소리 다 들이키고
어비울 빨래 소리 쿨렁쿨렁 토해내며

물이끼 창궐하는, 백 년을 살고 있는 물속 마을

호수 위를 흐르는 물주름 잡아
어비울로 가는 층층 물계단을 짓는다
달그림자 별그림자 포개진 수몰의 지붕
가장 깊은 곳을 찾아 내려앉은 수몰의 기억

아들의 아들에게 전해질 아버지의 마을, 어비울 사람들

2부

국지성 수나기가 극성으로 퍼부었다

우아한 일기장

　그날, 수풀 속에 묻혀 있던 녹슨 창고 문이 열리지 않았
다면 아마 나는
　이토록 우아한 일기장을 보지 못했을 거다

　국지성 소나기가 극성으로 퍼붓는다
　극성의 빗길을 따라가는 것은
　골짜기를 흘러나오는 기이한 연기 같은 기억이다

　한참을 들어가도 숲은 비어 있고
　빈 숲을 감도는 스산한 냉기에 흠칫해졌다
　얼마를 더 들어갔을까
　군데군데 부러진 굴참나무 가지 위에
　기운 채 걸쳐 있는 녹슨 창고를 보았다
　공중에 떠 있는 마치 버려진 오레오를 보는 듯

　창고 밑을 드나드는 것은 바람과 들쥐와 상수리 열매
　고목이 된 굴참나무는 발을 들어 뿌리를 내어주고
　바람과 들쥐와 상수리 열매는 뿌리를 파먹으며
　창고를 떠받치고 있었다

빗장을 푸는 건 숨 가쁜 경험이다

창고 안에도 비가 줄기찼다
서가가 있던 나의 작은방에 이처럼 비가 많이 내리던 날
불이 꺼지고 문이 잠겼던 것처럼 이 아운 어둡고 춥다
안쪽 벽에는 비의 서체로 빼곡하게 쓰여진 일기가 얼룩
으로 번져 있다
빗소리는 내가 울고 있는 울음이라고
그치지 않을 울음은 나만 알고 있는 비가여서 우아한
것이라고
비가는 오래도록 묻어두어야 할 나만 알고 있는 비망이
어서
비의 서체로 기록하는 것이라고

다시는 열리지 않을 비의 창고

나, 이토록 우아한 비를 아직 본 적이 없다

누가 저 가느다란 둘레를 오갈까

단단한 침묵과 푸르죽죽한 농도와 물의 무덤
저수지의 행을 가르면 묵리다
나 언제쯤 이곳에 다시 태어나리

이 생生에서는 다한 사랑이라 말한 너에게
새 한 마리 보냈다
울며 가슴을 떠난 새, 얇은 깃털 아래
층층 물길 아래 낮게 가라앉은 저수지
썩은 물고기가 쌓였다 사라지는 무덤
나는 처음부터 빈 무덤을 채우려 입김을 불어댄 건 아
닐까

누가 저 차가운 입김 속을 드나들까
누가 저 가느다란 둘레를 오갈까
너에게 곧 다다를 새가 울음을 멈췄다

울어서 소모하는 허튼 생의 끝이 그리 멀지 않다

최초의 입맞춤이라 믿었던 여기,

다음 생에 다시 태어날 너의 생가를 짓고
방문이 열리기까지 또 한 생, 한 무덤일 터이지만
다시 죽도록 사랑하자 말하려 한다

여기, 너 언제쯤 태어나리

검은 별

별의 출현은
커피의 농담이 포화된 순간이었다
별 하나 입 안에 돋는다

나는 유난히 밝은 한 마리 별을 포획했고

우리는 순응의 순리를 익히며 스스로를 결박했다
그토록 화려했던 당신이 어둠으로 옮겨지는 유성의 시간

별은 커피의 침전처럼 입 안에서 쓰고 거칠다
입 안의 당신, 당신의 거리는 어디쯤일까
별로 만난 당신의 거리는 어느 행성의 거리쯤일까

우리는 지금 검은 별로 쏟아지려 한다

하늘 폭 가늘어 내 영토 다 껴안지 못하고
나의 영토 좁아 뛰어내리는 별, 다 품지 못했으니

우리는 이별의 순리를 익히고 이별의 순리에 순응하고

스스로의 결박을 풀려 한다

전설

나 사는 곳은 안개 깊은 곳
헤어날 수 없는 골골 산골짝
길 잃은 길손과 산짐승들이 헤매이다
안갯속에 빠져 죽었다는 고독한 전설이 묻힌 곳
어느 곳으로부터 오는지
봄여름가을겨울 파랑새만 길게 울다 가는 곳,
파랑새 울음은 내가 배운
맨 처음 언어이고 노래이고 사랑이고 이별이어서
기어이 영혼을 부르는 말, 그것은
파랑새의 울음으로 기록한 은밀한 묵시록

언젠가 함께 묻힐 저 파랑새를 위한
물항라 푸른 관을 짜느니
안개는 깊은 잠 위에 내려 푸른 관을 덮느니

잠시 후, 버스가 도착합니다

잠시 후, 11월이 왔다
진눈깨비가 오고 초겨울 밤이 왔다
버스를 기다리던 정류장 사람들은
앞선 이의 어깨 너머를 기다리기 시작했다
한밤 운전석이 비어 있는 11월의 버스는 아득해라

버스는 여전히 도착 예정 중

늦은 밤, 버스의 등 뒤에 매달려오는 것들은
죄다 날개를 접고 의지 없이 땅을 짚는다
차가운 태양을 섬기던 두 손
무뎌진 칼날의 무게가 천 근이던 고집
말아놓은 김밥이 되풀리는 쓸모없는 말들
열한 개 손 지느러미를 펼쳐 밤의 노독을 밀어낸다

진눈깨비를 달리는 황홀한 귀로
나의 버스를 비껴가는 까마득한 당신
잠시 후,
버스는 11월을 건너갔다

새 1

아카시나무 사이로 새가 지나간다
가느다란 부리로 바람을 가르는 투명한 속도다
새가 휘며 날아간 바람의 저쪽
가본 적 없는 그곳을 투명하게 스케치했다

새 2

새의 얼굴을 새기던 뒷골 큰 바위
점안點眼을 마치자
바위를 박차고 날아올랐다

새가 빠져나간 바위는 가벼웠다

새는 우주의 궤도를 날았다
우주를 안은 새는
큰 바위 자궁 속으로 들어가
작열하게 죽어갔다

죽은 새는 원초적 알을 낳았다
죽은 새는 영원이었다
죽은 새는 푸른 종교가 되었다

새를 낳는 남자

새가 날아와 앉은 키 작은 보리수는 지난봄,
저 새를 낳았을까
한 줄 휘파람으로 하늘 너머 새를 부르는 이 남자는,
저 새를 낳았을까

단언컨대
새의 아비는 새가 아니리
새의 어미는 새가 아니리

보리수 열매 알알이 짚어
발톱 끝 붉어지는 새
온몸 호사로운 붉은 새

남자의 몸속으로 섬세하게 파고드는
지난겨울, 죽은 새 떼들의 검고 긴 부리를 보았다
죽은 새들의 귀가 열린다

그 남자, 날개 날개 깃털로 부서진다

붉은 열매 정원수는 남자의 심장을 대신 달고
남자의 심장으로 서서
죽은 새와 산 새를 번갈아 부르고 불러댄다

바람의 경계를 날아
바람을 뚫고 몰려오는 새 떼들의 비상
그 남자의 중심으로부터 날개를 세운다

골목마다 당신이 사라진다

익선동에 가면
마디마디 꺾어진 미로의 골목 어디쯤서
그러니까
골목마다 당신이 있다 사라진다

있다 사라진 마지막 골목을 찾는 동안
골목을 잇는 시간이 점점 팽팽해지고
골목을 잇던 골목길이 다시 길어진다

익선동에 가면
내 몸 안에 버려진 골목들이 골목을 파고든 북풍에 떨
고 있다
언 발, 검은 발, 혼돈의 발자국들이 교차하며 떠난
숱한 이별이
그렇게 겨울 앞에 서 있다 골목을 울고 있다

겨울 골목은 먼저 떠난 이의 출구를 찾는
나아갈 수도 뒷걸음칠 수도 없는, 끝내 가로막힌

낮은 담 너머로 흘린 커피가 식어가는 이 골목을
나는 단지 오래도록 기억하겠다

뻔한 꿈꾸기

그믐달 가장자리를 걷던 새벽별이
아슬하게 끌고 오던 그림자를 놓친 당황처럼
따스하게 등을 받쳐주던 나무기린이
그믐달을 바라보다 하늘로 날아간 당황처럼

나는 밝은 이름을 잊고, 잃어가고
일그러진 도시의 풍경만 그려대던 방황이었던 거

그 카페, 나무기린이 보이지 않는다

카페 모퉁이에 서서
오랜 세월 우리들의 등을 받쳐주던 나무기린이
지난 그믐밤, 날개를 달고 달의 언저리에 얼추 닿았다는
카페 주인의 말

나무기린이 떠나고 난 뒤
뒤로 굴러간 굽은 등의 나는,
꽤 오래도록 죽음 같은 방황이었던 거
몸을 털고 일어서려는 꿈이야 꿈일 뿐

움직이지 않는 땅을 옮기려는 뻔한 꿈일 뿐
나는 곧잘 뻔한 꿈을 꾸기도 한다
굳이 상상하지 않으면
아무 일도 일어나지 않을 터이지만

상상을 지우면 또 다른 꿈이 생겨나곤 한다

비의 무덤

조락에 든 초겨울 석포숲 자락
숲속 미물들은 다 빛바랜 죽음 같았다
길섶, 죽은 장수풍뎅이를 빗속에 묻고 돌아오는 길
거세지는 빗줄기에 산새도 마을 뒤로 날아가
무덤 속, 죽은 시체 홀로 두려웠던 길

죽음의 묵중함이 무덤의 깊이인 걸 알고 있는지
혼자 눈 감는 고독한 수행을 말해줄 수 있는지

슬쩍 귀를 들어 나의 질문을 들으려 마라
지금이라도 눈꺼풀 들어 가늘게 눈이라도 뜬다면
그건 죽음에 대한 배반일 것이다
돌아가라
이제 너를 위해 울어줄 새도 없다

떨리고 피로해진 걸음으로 조락의 풍경을 벗어나
애도의 시간에서 멀어진 너의 죽음 앞에서도
나는 첫 시를 짓지 못했으니 시에 대한 배반이었다
지금 이 비를 덤덤히 흘려보낸다면 그건 나를 부정할

일이다

　비의 무덤 속으로 들 일이다

밤의 질서

없던 목책이 보인다 아니, 있던 듯도 하다
밤사이 길을 놓쳐 어제 그 길을 기억할 수 없다

낯선 목책 사이로 새벽안개가 빠져나오고, 목책을 따라
가는 내내
동체가 드러나지 않은 나무 말뚝이 드문드문 젖어 있다
밤새 구부렸던 오금이 저려와
질금질금 새벽 골짜기를 새어 나오는 검은 굴욕
밤안개를 뒤집어쓴 밤의 굴욕
밤은 몇 번이고 내질렀을 비명을 허용하지 않았을 거다
목책은 무거운 침묵으로 긴 밤, 굴욕의 역사를 숨기려
한다

좀체 모습을 드러내지 않을
모두의 밤 앞에서, 모든 굴욕 앞에서

나는 굴복하지 않는 태생을 타고났으므로
나는 모든 굴욕을 굴복시키려 한다

밤의 질서를 위해 한순간 검은 목책이 세워지고
아침은 질척한 안개를 점차 걷어내고 밑동까지 훤히 드
러낼 터이지만
목책은 다시 빛과 그늘을 가를 것이다

내가 걷고 있는 이 길을 다시 잃는다 해도
아직 부러지지 않은 목의 뼈를 세우고
저 어두운 목책을 거두고
부러진 경계를 지우려 한다

굴복하지 않는 태생을 타고 난 나는,

애인

여기서 버스를 타면 그 터미널까지 한 시간 남짓,
그곳에 가면 아무도 없다

빗방울이 날렸다
차창에 부딪힌 사선의 빗금들이 거미줄처럼 엉켰다
크고 작은 물방울들이 와서 매달렸다
크고 작은 참회의 말들이라 생각했다

등을 지켜주던 바람의 언덕은 쉽게 무너졌다
바람의 언어는 부드럽고 고매했다
세상에서 가장 큰 애인이라 믿었던 바람이
바람 되어 사라지고 난 후
나의 주변은 위태로웠다
다정했던 감정이 아파왔다

애인의 등이 되어주지 못한 죄
세상을 향해 퍼부은 무언의 저주는 더 큰 죄
참회로 나머지 날들을 여의고 싶다

빗줄기가 굵어졌다
저 많은 빗줄기를 어찌 다 맞을 수 있을까
저 좁은 간격을 어찌 피해 갈 수 있을까

만조

두어 계절을 말없이 보낸 늦은 산책길
토끼풀 무성하던 언덕에
맥문동꽃 무리가 자리를 잡았다
잠시 쉬어가려던 풀밭에
가는 대궁 흔들며 완강히 거부하는 맥문동
낮은 바람 거느린 만조의 빛깔
저녁이 출렁인다

먼발치에서
낙조에 흥건해지는 보랏빛 매혹을 보았다
매혹의 시간은 한순간, 일몰의 시간은 더 짧다
죽음의 시간에 좀 더 다가갔다
죽음의 색깔이 좀 더 분명해졌다

나는 두렵지 아니하다

여름과 겨울, 물과 불을 거쳐

미완의 한 치 문장만 남았다

3부

오래 머물지 않기로 했다

칼랑코에

눈은 멈출 기미가 보이지 않고
보이지 않는 이곳으로 누가 데려왔나

칼랑코에가 놓인 침대 속으로 밤새 눈이 내립니다
한 길 높이로 눈이 쌓이고, 폭폭
검은 눈사람이 지나는 꿈을 꾸었습니다
눈 속을 헤엄쳐 고향으로 가는
입도 코도 없는 민둥물고기 꿈입니다
폭설에 꺾인 나뭇가지가 침대를 덮친 낮은 방
우리 서로 십이월의 맨몸을 바라보고 있습니다
맨몸에 닿은 유빙의 온도가 하강의 극점을 읽을 때
눈 밖에 고립된 늙은 고양이, 온몸의 울음, 무뎌진 눈
밤 가운데, 가운데 밤을 파먹기 시작합니다
한밤 살점이 벌겋게 뜯깁니다
눈의 피처럼 빨간 꽃이 피었습니다
더운 나라 마다가스카르 섬을 떠나
이 겨울 국경을 넘어온 칼랑코에입니다
부러진 나뭇가지에는 노란 칼랑코에를 얹었습니다
푸르고 흰빛 도는 이 꽃송이는 민둥물고기 지느러미로

놓겠습니다
　몇 번이고 피고 또 피었습니다

　당신은 일찍이 봄을 데려왔습니다

바깥

눈 밖의 사람
사람 밖의 사람

허공을 서성인다

그어놓은 선은
안과 밖이 명백하다

넘을 수도
머물 수도 없는
참담한 거리

뒤척이다, 뒤척이다
마른 손가락을 펼쳐 보이는

사이

바짝 다가서지 않기로 했다

한 뼘 손가락 사이로 꽃구름이 흐른다
꽃구름 하얀 그늘, 허공에 던지고
가늘게 꺼져가는 눈빛은
두 번째 가을 앞에서 깊어진다

오래 머물지 않기로 했다

모래바람 지나간 마른자리
사막을 건너던 은밀한 추파는
우리들을 위한 눈빛이었던 적 있던가
바람 대신 당신을 보낸

여기, 더

오래 머물지 않기로 했다

독

정오 지나 흰빛 내리쬐는 오후가 되자
그녀의 모호한 시선은
서 있던 낮은 창턱과 창 너머
바람 부는 언덕의 행간에 갇힌다

입 큰 오지그릇을 굽던 여자는
오지그릇에 초록의 사슴뿔을 그리던 여자는
사슴뿔 닮은 맑은 귀를 가진 그 여자는
사슴뿔을 떼어내고 짙은 눈썹을 문지르고
마침내, 빈 몸을 날려 바람 부는 창을 넘는다

뜨거운 저 독 속에 살던 여자
큰 입 벌어진 오지그릇을 비우고
벌겋게 달아오른 가마를 식히고
독마저 엎어놓고 독을 디뎠다
그녀를 둘러싼 저 독들은 진정 깨부수고 싶었던
붉은 둘레였는지 모른다

산산이 깨져 다시 흙이 되려는

너, 초록 뿔을 가진 사슴

마둔지에 빈 달 있다

마둔지에는 불쑥불쑥 솟는 달의 환상이 있고
바람이 모여 사는 바람 섬이 있다
호수에 뜬 달은
바람이 출렁일 때마다 조금씩 깎여나가
반달이 되고 그믐달이 되고, 후에

빈 달이다

물 위에 표류하는 빈 풍경
물 밖의 길 짓지 못하고

빈 달만 자꾸 솟는다

제비꽃

내려앉는 골목길이 가늘게 떨린다
기우는 길 끝에 제비꽃이 이운다
파르르 떠는 초저녁 울음 얹어
어두워지는 골목 끌어내린다

제비꽃 창백한 울음 던지고
기울어가는 길 버리고, 뛰어내린

보랏빛 절명

별리

비에 갇힌 우리는
잠시 머문 정오의 정류장이었네

나는 지상의 별꽃이 펼쳐진
흰 부추밭으로 간다 하고
당신은 밤하늘 별들 성글게 걸린
자작나무 숲으로 간다 하네

우리는 하늘과 땅으로 갈라지는 길을 기다리고 있었네
어떤 길도 영원할 수 없다는 걸 나는 알고 있어
비를 사이에 두고 건넨 이별의 말을 차마 다 이해하지
못하고
잠시, 방향을 잃었을 뿐
우리는 곧 길을 꺾었네

정류장을 떠난 길은

가도 가도
흰 부추밭은 보이지 않아

지상의 별꽃이 이미 져버린 후의 일
가도 가도
자작나무 군락지는 더 이상 찾을 수 없어
자작나무 뒤로 별들 떨어지고 난 후의 일

세상에서 가장 뜨거운 정류장

정류장

어둠만 한 짐 내려놓고, 빈 차로 떠났다

어둠은 얼굴을 몇 차례 치고 지나고
버스는 몇 차례 더, 빈 차로 떠났다

어둠의 기둥에 등을 기댄다
등을 스치듯 빈 차로 떠난 그
버스가 유랑처럼 그립다

애당초 이곳은 정류장이 아니었을 터

나는 내 안에 정류장을 세운다
빈 버스를 세우고
고독한 어둠을 세우고
격하게 사랑하고 난 후에 매달린
붉은 시를 일으켜 세운다

온종일 붉어지다 붉어진 나는,

빈 차로 떠났다

두드러기

지하로 가는 칠흑 같은 계단에서 나는,
첨벙거리는 빗소리 들었다
빗소리 하염없는 계단 아래
온 집안, 붉은 두드러기 창궐하는 눅눅한 냄새
밤마다 야귀도 극성이었다

국가 부도의 날 그날,
세공사였던 아이 아버지는 금방 한 켠에서
첫 생일 아들을 위한 돌 반지를 다듬고 있었다
그때, 국가 부도를 알리는 텔레비전 속 앵커의 말을
나는 통 알아들을 수 없었다
어린 아들이 막 걸음마를 시작할 무렵이었다

영문도 모르는 채 찬란한 금방을 내어주고
아이들 그림책과 장난감이 짤랑대던 방을 비워주고
우리는 지하로, 지하로 내려가는 법을 익혀야 했다
그 후로 지상으로 오르는 계단에 대해 누구도 알지 못
했다
아이들 몸에도 두드러기가 자랐다 붉게 붉게 번져갔다

천장 밑에 난 쪽창으로 간간이 볕이 들어왔다
나는 까치발을 들어 땅 위의 것들을 기억해냈다
미처 들고 나오지 못한 그림책과 돌 반지, 물방울 목걸이
처음으로 폭포 같은 눈물이었다

영화가 끝나고 전등이 켜지고, 국가 부도도 끝이 났다

우리 집에 놀러 와

진달래만 한 너의 키만큼
김밥을 말아 올렸어
꼬마라든가 하늘, 말풍선, 나팔꽃, 똥강아지…
같은 낱말들을 펼쳐놓고
진종일 깔깔대며 뒹굴고 놀다가
김밥 속에 넣고 함께 말았어

우리 집에 놀러 와
금빛 햇살 비추는 창가에 자리를 내어줄게
아직 초록 꽃 달려 있는 물푸레 젖은 가지 위에
새소리, 바람 소리, 김밥 터지는 소리가
사방에서 모여드는 밥상을 차릴게
비리디언 짙은 치마를 두르고
가장 우아한 몸짓으로

한 번도 본 적 없는 너는, 어느 늦은 오후
기척도 없이 내 귓전에 앉아
김밥 기차를 타고 가는 가느른 기억들을
종소리처럼 울려댔지, 손짓처럼 나부꼈지

아마도 너는

유년의 먼 기억으로부터

바람을 타고 날아든 바람새였을 게야

핑크 손가락

소금 계곡을 흐르는 핑크빛 물색을 기억하는
바람이 있다
핑크 소금으로 물든 바람을 기억하는
눈물이 있다
계곡을 범람한 눈물을 나는 아직
몰랐다
퇴적된 눈물이 소금꽃, 소금 언덕으로 자라는 걸
몰랐다

너를 버린 건 아니었을 거다, 잊고 있었다

내 몸에 구불텅한 새끼손가락이 자란다
구불텅 솟은 마디뼈를 묻고 통통 부어오른
핑크 손가락이다
류마티스관절 엑스레이 필름이 선명하다
언제부터 통증이 시작됐는지
언제부터 내 눈길이 필요했는지

작아서 내 몸의 그늘이어서 눈에 닿지 않았다

십수 년 쌓아 올린 김밥의 무게가 겨워 바닥을 끌며
너, 나를 찾아 나선 길이 히말라야 소금 계곡이었니
핑크 소금을 푼 욕조 물에 손가락을 풀어 계곡으로 흘
린다

궁극에는 계곡 바람에 말라 바람에 흩어질
히말라야여, 핑크 소금이여, 핑크 손가락이여

적도의 언어

열대 우림에 비가 그치질 않는다
적도 해협으로부터 밀려온 뜨거운 구름이
천장에도 비를 내린다

허리춤이 젖어오는 이곳은 적도 무풍지대
흠씬 비를 흘리며 우엉을 조리고 단무지를 썰고 지단을
뒤집는다
적도에서 라면이 끓고, 어묵 국물이 진하게 달여지고
때론, 손등을 데여 벌겋게 부어오르기도 한다

밥이 뜸 들어가는 시간은
내 몸이 팽창하는 부단한 발효의 시간
김밥이 자란다, 밤새 자란 김밥의 길이는
밤보다 긴 적도의 궤적

불을 켠 손끝으로 불을 당겨 정오의 불꽃을 던진다
팬의 내벽에 던져진 불의 재간으로 뜨겁게 차린 오찬,
당신의 오관을 연다
달아오른 몸내, 내 몸으로부터 떠난 불꽃을 덥석 문

당신의 몸에도 적도의 붉은 꽃이 핀다

적도의 언어는 결코,
소리 내어 말하지 않는 나만의 비어다

하루 종일 하지

왔니
반쯤 왔니
안 왔니
왔다 갔구나

사라진 먼 기척

누굴까
보낸 적 없지만 보이지 않는
떠난 적 없지만 끝내, 들리지 않는
지운 적 없지만 초기화된 갤러리 속 얼굴

문턱에 걸친, 하루 종일 하지

기억하지 못해 존재하지 않는 나를
부르는, 빈방의 휘슬 소리
잊혀진 세상 어딘가에 있을 나를
찾아, 목 놓는 긴 탄식

왔니
아주 갔구나

푸른 간판

뜨거운 커피가 온다

지금부터
기다리기로 한다
도처에 이어진 푸른 간판을 건너
이곳에 미리 온 나는
휘파람새를 띄워 너를 마중하기로 한다

네가 짚고 올 푸른 간판을 확장하고
네가 넓혀갈 영토의 지형을
가장 넓은 넓이로 도해하며 확장 중이다

너를 열광했고 그때마다
붉은 별이 하나씩 가슴에 박히고
별은 밤마다 붉은 입술로 폐부의 벽을 까맣게 물어뜯곤
했다

뜨거운 커피를 마신다
내일도 너를 기다리기로 한다

퇴적되어가는 기다림은 커피의 진한 침전이라고
나는 오독하고, 오독이 오만일지라도
나는 기다림을 믿는 중이다

이디야 푸른 간판은
날마다 확장되어가는 기다림이다

스케치북

매봉산 꼭대기
달그림자에 매달린 나 어린 비탈집은
얼마나 높고 위태로웠던지
내려다보면 아득히 강물이 흐르고
강 건너 마을은 또 얼마나 멀리 있던지

강물은 날마다 깊은 안개에 잠겼다

여름 방학을 하던 날
한강이 한눈에 들어오는 쪽마루에 앉아
물방울이 떠다니는 푸르름한 허공을 짚었지
하늘색 크레용으로 뭉실뭉실 구름다리를 걸쳐놓았어
구름다리는 아주 조금씩 구부려지며
강 건너 마을로 흐르기 시작했지
한나절 강물만 건너보다 눈이 멀어
거친 물소리에 깨어보니 한밤중 젖은 쪽마루

나는 스케치북을 열어
하늘색 구름다리를 옮겨놓았는지는 기억할 수 없다

그 여름은 유독
안개비가 다락 창까지 숨 가쁘게 차오르는 날이 많았다
강물 소리 밤새도록 작은 귓속으로 흘러
바다로 바다로 떠내려가는, 아프고 두려웠던
초등학교 삼 학년 여름밤

그 후 강물은 얼마나 더 흐르다 그쳤는지,
구부러진 구름다리는 얼마나 더 공중에 머물다 비가 되
었는지,
역시 기억할 수 없다

강물로 바다로 흐르다 물 밑에 가라앉은,
작은 스케치북
미처 건너지 못한 내 안의 슬픈 수채화 있다

고래섬

아버지는 해안을 따라 새벽길을 오시곤 했지요

며칠에 한 번 바다에서 오는 아버지를 기다리다
백사장을 넘어온 사나운 해풍에 끌려갈 때도
아버지는 아직 오시지 않았어요
끌려가며 '아부지, 아부지'를 부를 때,
그때 아버지는 동해 먼바다 폭풍우에 끌려가고 있었대요
아부지, 아부지의 부서진 배는
고래 이빨로 만든 성난 파도였나요

일 년 내내 폭풍주의보가 내려진 바다에 어선이 묶이고
아버지가 갇히면
바다 밖은 폭풍 속보다 차고 캄캄했지요
어부여, 아부지여
해제되지 않을 폭풍주의보인 걸 알고 계셨나요
밀려오는 첩첩 해파는 당신이 태생부터 건너온 길,

아버지가 바다 밑에 쌓은 고래섬은
난파선이 퇴적된 어부의 무덤이라 하셨지요

암청빛 파도가 배를 삼킨 밤이 지나면
고래섬은 더 커져 있었대요
아버지가 그 고래 등에 업힌 날, 고래섬이
작살을 맞은 듯 피를 뿜으며 몰락해버렸죠
그 후, 고래섬 이야기를 들어본 적이 없습니다

그 바다에 내려졌던 폭풍주의보는 지금은 해제되었을
까요?

4부

산새들의 목덜미에 작설이 돋기 시작했다

바람의 장지葬地

전력의 속도다
경적을 울리며 비상등이 켜진다

또 어느 비명을 거두려는가

바람은 예기치 않은 방음벽
그 가파른 기세에 서둘러 선회한다
부딪혀 외마디 소리를 지르는 여린 생명들, 파르르 깃
털이 흩어진다
널브러진 핏빛 비명 위로
허리 잘린 구름이 흘러내린다

지상과 파란 하늘 사이
저 투명한 경계의 벽에 숨겨진, 붉은 비수를 지상의 눈
들은 보지 못한다

아니다
아니다

남풍 따뜻한 하늘등성이
숭숭숭 구멍을 낸 바람의 장지로
새들이 날아온다
고라니 떼, 길을 세워 세로로 달려온다
바람보다 가벼운 뼈를
바람 깊숙이 묻어 스스로를 풍장한다

들리지 않는 호곡 소리다

갯바위

운두령에 오르자 바람의 속도 빨라지고
골짜기 마을로 먹구름이 무겁게 내려앉는다

장마가 시작됐다

빗물은 전나무 가지를 타고
가깝게 멀게 겹쳐진 몇 개의 산등성이를 흘러
동쪽 바다로 떨어진다, 동쪽 끝에는

흘러가지 못한 한 사람이 갯바위로 잠겨 있다

나는 바다에서 났으므로
자유로운 지느러미를 달았지만
거친 폭풍의 성질을 가졌지만
흘러가지 못한 갯바위였으니

바위를 치는 빗소리, 파도보다 대차다

한 사람이 물빛으로 풀어진다

운두령이 장맛비에 잠겼다

금성이 떴다

나는 숲으로 가려 한다
산새들의 목덜미에 작설이 돋는 봄의 숲으로
나는 가려 한다

금성이 물고기자리를 지나고 있다
얼마 지나지 않아 금성은, 이 광장을 질러갈 것이지만
해가 지면 다시 돌아와 누울 나는
광장의 후미진 자리를 떠나지 않기 위해
내가 먼저 이 광장을 떠나야 한다
노독에 피로해진 노숙의 광장을 떠나
정원수가 뽑혀 나간 움푹한 재개발 도시를 지나

봄의 숲으로 나는 가려 한다

새벽 숲은 조용하다
아직 미몽에서 깨어나지 못한 건
내 어둔 눈과 길섶에 누운 작은 풀들
금성이 가만히 층층나무 마른 가지를 딛는다
숲이 흔들리며 천천히 작설이 돋기 시작한다

저 수런대는 숲을 떠나

내가 떠나온 차가운 광장, 후미진 노숙의 자리로
마침내, 금성이 진다

말말말

잠잠해지다 아주 사라진다

공중에 누운 바람의 얇은 층으로 말들,
밀려온다 내려앉는다
멀게 가깝게 들리는 오후의 풍문들로
환절기 감기가 깊어진다
몇 년 전 들여온 케냐산 커피나무가 열매를 맺으려다
풍문에 흔들리며 불협화음이다

내가 모르는 공중의 말들, 주술처럼 쏟아지는 가벼움
입의 개수를 늘려 말을 만들면 가벼운 공중이 되었다
함부로 늘어나는 침방울이 꽉 차 햇빛의 수보다 많았다
말 많은 말에서 침방울이 튀어 열이 오르면 오미크론일
지도 몰라
타이레놀 몇 알로는 어림없을지도 몰라

아까 삼킨 알약이 목젖에서 녹아 잠잠해지다 아주 사라
진다
말을 잃은 휴일, 말 없는 말이 휴일을 채운 공중

낙인된 휴요일이다

너는

아이는 자라는 법이다

죽어서도 자란다

껴안지 못한 나의 품보다
무심한 하늘의 키보다 크게 자란다

너는
내리치는 힘을 피할 수 없는 어린 무릎이었던 걸

저 작은 몸 안에서 일어난 오장의 파열을
울어도 울음이 막혀 시퍼런 똥물로 쏟아지는 똥줄을

왜 아파야 하는지도 모르면서

부러져 마디마다 솟은 가슴뼈를 기억하고
푸른 멍으로 핀 이름 없는 꽃송이를 헤아리고
꽃잎 위로 모여드는 검은 나비의 의미를 알아차린

죽음을 예감한 후
죽음보다 먼저 이 세상을 떠난 너는,
눈풀꽃 맑은 눈물로

그냥, 자드러지게 웃고 있었다

고지를 위하여

비는 현충원 무덤가, 포석을 두드린다
젖은 돌멩이가 짤막하게 무표정하게 일어선다
누워 있는 자, 갇힌 자, 말 없는 자, 무딘 자들이 활발해
진다
나는 무딘 자, 정수리를 뚫고 섬광이 지난다
정수리로 쏟아지는 비는 내 안의 소란을 위하여
더욱 활발해진다

오래전에 죽은 시간을 위하여
누워 있는 타인의 묘비를 위하여
붉은 무덤가의 곡비를 위하여

늙은 일병의 고지를 향한 긍지를 위하여
살아서는 넘지 못한 분단의 고지를 위하여
비로소 죽어야만 오를 수 있는 현충원, 저 높은 고지를
위하여
총탄의 상흔보다 깊은, 검은 음각의 묘비명을 위하여
늙은 일병 김환민의 거룩한 묘비명을 위하여

비는 더 활발해져야 한다

미술관은 내부 수리 중

한 여인이 뛴다
뒤를 따라 한 무리의 여인들이 미술관을 몰려나와
새 떼가 날아간 덕수궁 뒷길로 내달린다
머리 위에 하얀 새를 얹은 여인
어깨 위에 방울뱀을 휘감은 여인
프리지어 꽃다발로 가슴을 가린 여인
꽃다발을 잃어버린 한 여인은
무색의 나체인 채로 육신을 풀어 순수의 공기로 스민다
인드라의 구슬 그물에 걸려 서로를 비추는 영롱한 영혼
채색되지 않은 순백의 산소 방울로 투영된다
그윽한 봄밤의 유혹에 여인들은 화사한 머리를 푼다

나는 먼지 날리는 미술관 전시실에서
벽면에 걸린 저 얼굴들을 본 적이 있다
벽면은 짙은 재색으로
파닥거리는 날개의 영혼을 가두었고
흐릿한 조명으로 오랫동안 억압된 삭신은
한 덩이 고독한 물감으로 굳어가고 있었다

닳아져서 얇아져서 스스로를 허무는 벽의 경계를
기쁘지도 나쁘지도 않은 눈으로 건넌다

지금, 미술관은 내부 수리 중

백악기를 건너

너를 안고 일억 천만년의 사랑이었네
삘기 숲에 누운 붉은 별을 안고 폭풍 같은 사랑을 하였네

질주하는 폭풍의 시간을 지나 멀고 사나운 풍화의 길을
나섰네
중생대 백악기를 건너는 길, 일억 천만년의 길이었으니
우음도에서 부는 머나먼 소 울음 소리였네

너, 뜨거운 알을 품은 코리아케라톱스 화성엔시스였던 거
어둔 바위 속에 뼈를 묻어, 뿔을 묻어, 붉은 피와 알을
묻어 너를 숨긴,
수억 겹 구름이고 바람이었네

차가운 알을 핥는 어미의 젖은 목젖
코리아케라톱스 마른 등 뒤에서
섬을 치고 지나간 겨울 소 울음 뒤에서
오랫동안 버려졌던 숲, 삘기대궁 휘어진 극빈의 숲을 서
성이던

종내는 너,
다시 깨어나지 않을 일억 천만년 동안의 잠, 그
아득한 사랑이어서 아름다웠네

틀

아이들이 바다로 쏟아져 나왔다
알 수 없는 곳에 갇혀 있던 아이들이
알록달록한 공을 굴리며 달려왔다
하늘로 공을 차올린 아이들은
떨어져 구르는 해를 따라 쫓아갔다

우 소낙비 같은 아이들은
우 여름 해 같은 아이들은
실눈을 들어 목청껏 까르륵까르륵 웃는다
풍선 같은 웃음을 웃는 아이들은

아이들이 사라졌다

웃음 풍선이 홀쭉해지며 빠르게 꼬리를 감췄다
보이지 않는 누군가의 호명에
이름이 하나둘 없어지고
아이들이 하나둘 사라졌다

갇히는 줄도 모르면서 스스로를 가두기 위한,

머리에 사각의 뿔을 달고 사각의 틀에 얼굴을 구겨 넣
고 잘라냈다
　하늘에 네모진 태양이 떴다

　아이들이 사라진 곳으로
　네모진 태양이 지고 어두워지니
　바다가 조용히 사라졌다

배꽃 이야기 하나

배나무밭에 갔지요
땅거미가 내릴 무렵이었어요
주먹만 한 배꽃이 툭툭 불거지고 있었어요

산 그림자 지는 아랫마을에
나무에 꽃을 피우며 사는 늙은 정원사는
'배꽃 피면 기별 주마
호수 건너 마을 지나 배나무밭으로 오라' 했지요

언 호수 풀리고, 새 울어 이는 파문에
기별이지 싶어 배나무밭이 있는 마을까지 왔지요
이 마을에 오래도록 살아온 가지 넓은 나무
내가 그를 부를 때마다 배꽃이 하나씩 달렸어요
나는 쉬지 않고 나무를 불러 천지사방 꽃을 피웠지요

배나무가 된 늙은 정원사

까무룩이 저녁이 깊어지면
배꽃 숭어리 엉킨 하얀 나무 지붕 아래서

밖으로 나가는 문을 잃어버릴 참이지요

배꽃이 질 때까지

배꽃 이야기 둘

겨울바람 지나는 배나무밭에 눈이 내렸습니다
언 가지가 휘어지도록 하얬습니다
두텁게 우거진 눈꽃이 사월의 배꽃 같아 넋을 놨습니다
이 밭 끄트머리에는 이태 전 내게,
꽃소식을 전해주던 늙은 정원사가 아직 살고 있을 겁니다
참참이 배밭에 나와 사월 닮은 배꽃을 기다리고 있을
테죠
녹슨 문고리에도 눈꽃이 한창입니다
안부가 궁금해진 나는 안달이 나
문을 두드리고 문고리를 힘껏 당겼습니다
헐렁해진 고리만 힘없이 빠지고 아무런 기척이 없습니다

자르다 만 나무 곁가지 속 전지가위는
언제부터 주인을 잃었는지 알 수 없습니다
오래 닳아진 가위를 나무 밑에 묻으며
늙은 정원사를 부르다 배꽃 잎 날리는 허공을 봤습니다
물컹해진 눈가를 배꽃에 문질렀습니다

고목으로 누운 늙은 정원사는 저 홀로,

온 방에 꽃을 피우고 있을지도 모르지요

끝나지 않을,

북천

한밤중 폭우에 문득 당신이 흘러가고
난폭했던 폭우도 흔적 없이 떠내려가고

먼 물소리 따라
무작정 떠나온 땅이 원통이었네
원통해서 주저앉아 북천에서 울었네
흰 물새 한 마리 북천을 꺾어 흘렀네
저 물길 흐르고 흐르다 설악의 깊은 골짝
어느 바위틈에 산산이 찢길까
물소리 따라 먼저 떠내려간 미유기 떼는 또,
어느 단애를 뛰어내리다 흩어질까

내 투명했던 눈동자 찌르고 눈앞에서 없어진 것들
내가 떠나보내고 떠나온 것들
세상의 비의와 세우지 못한 문장과 가물대는 어떤 약속들
떠난 것들은 다시 거슬러 오지 않아

가문 강바닥, 북천의 푸른 물소리 그만 그쳐버렸네

백사마을

그곳엔 네가 살았었다

겨울 골목 언덕 끝에서
타다 만 연탄재를 굴리며
네가 살았었다
삭풍이 밀려드는 부뚜막
언 밥을 손톱으로 뜯으며
네가 살았었다

달빛 무거워 기울어진 골목들은 다 어디에,
마른 기둥에 바짝 등 붙이고
지금도 네가 살았었다

달의 고지를 넘지 못하고 사라진 마지막 산동네
다시는 달이 떠오르지 않을 그곳에

훗날에도 네가 살았었다

녹

길모퉁이에 버려진 무쇠 난로

녹물이 철철 흐른다
깊은 골을 패며
멈추질 않는다

몇 날 며칠 비에 젖어
우두커니 선 채로
온몸 다 흘러내리겠다

겨우내
마른 장작 겹겹이 껴안고 활활
금빛으로 황홀한 클림트의 밤이었겠다
그 밤이 끝나고 길가에 버려져
붉게 녹슬어가는 퇴적의 시간이었겠다

그 밤과 이 밤의 간극을 차마
다 이해하지 못하고
다 보지 못하고 말하지 못하고

속수무책

붉은 강으로 흐르는 것이었다

새를 낳는 남자의 날개

김윤배

시인

시를 무엇이라고 말하면 좋을까. 시에 대한 정의는 불가능하다는 게 정론이기는 하다. 시가 무정형의 유기체이기 때문일 것이다. 무정형의 유기체를 정의하는 순간, 시는 정형으로 흐르게 되고 정형의 시를 시라고 정의한다면 그 정의는 시의 한 면만을 말하는 것이 된다.

그럼에도 불구하고 옥타비오 파스의 시에 대한 생각은 흥미롭다. 그는 "시편은 인간의 모든 작위의 헛된 위대함에 대한 아름다운 증거를 숨기고 있는 가면"이라고 정의한다. "인간의 모든 작위에 대한 헛된 위대함"이라는 표현은 시가 인간의 작위와 헛된 위대함 사이에 놓인다는 말에 다름 아니다.

이 말은 모든 예술은 인간의 작위적인 행위이며 헛된

위대함을 꿈꾼다는 말이다. 작위가 아니라면 자연의 소리거나 자연의 빛깔이거나 자연의 자연 그대로의 모습일 것이다. 자연을 예술이라고 말하지는 않는다. "아름다운 증거를 숨기고 있는 가면"이라는 표현은 앞에서 말한 헛된 위대함에 걸리는 문장이다. 헛된 위대함에 대한 증거는 아름다운 것이며 시는 그 증거를 숨기고 있는 가면이라는 말이다. 시가 반향과 울림을 가지는 것은 아름다움 때문이고 난해해지는 것은 증거를 숨기고 있는 가면이기 때문이다.

"시는 앎이고 구원이며 힘이고 포기이며, 선택받은 사들의 빵이자 저주받은 양식일 때 시의 양식은 권태와 고뇌와 절망"이라는 옥타비오 파스의 말도 틀린 말은 아니다. 시는 기도이고 탄원이며 현현이고 현존이며, 악마를 쫓는 주문이고 맹세이며 마법이라는 그의 말이 편견은 아닐 것이다.

시를 소박하게, 경험이며 느낌이고 감정이며 직관이고 방향성이 없는 사유라고 말하면 쉽게 이해될 것이지만 시는 우연의 소산이자 계산된 결과물이고 세련된 형식을 사용하여 표현하는 기술이자 원시적 언어인 것은 분명하다.

시가 선택받은 자들의 빵이기는 하지만 그 빵은 저주받은 양식이어서 이때의 양식은 권태와 고뇌와 절망임을 알아야 할 것이다. 그러나 시는 광기이며 황홀경이고 로고스여서 시마에 들기도 하고 시의 늪에서 헤어 나오지 못하고 익사하기도 하는 것이다.

옥타비오 파스의 언표 중에서 서로 모순처럼 읽히는 다음 글에 방점을 찍고 싶다. "시는 순수이며 비순수이고 신성하며 저주받았고 다수의 목소리이며 소수의 목소리이고 집단적이며 개인적이고 벌거벗고 치장하고 말하여지고 색칠되고 씌어져서 천의 얼굴로 나타난다"라는 그의 말은 시에 대한 우리들의 생각을 열어놓는 데 일조하고 있다고 보이기 때문이다.

한정우의 시편들은 옥타비오 파스의 언표를 껴안는다. 그녀의 시는 순수이며 비순수이고 신성한가 하면 저주받은 것이고 다수의 목소리를 대변하는가 하면 소수의 목소리에 귀를 기울이고 집단의식을 말하는가 하면 개인적이다.

시의 본질을 말하려면 먼저 횔더린을 떠올리게 된다. 그는 1799년 1월, 어머니에게 보낸 편지에서 시작(詩作)을 "온갖 일 가운데서 가장 결백한 일"이라고 말하고 있는 것을 본다. 시작이 어째서 온갖 일 가운데서 가장 결백한 일인가. 시는 역사도 혁명도 아니다. 시는 세상을 변화시키지도 못하고 가난한 사람을 구제하지도 못한다. 시작은 언어의 유희라는 겸손한 모습으로 나타난다. 이는 언어의 순수성이라고 보아야 한다.

김수영은 "언어의 윤리는 언어의 순수성"이라고 말한 바 있다. 그는 현대시에 있어서의 언어의 순수성이 현대

사회에 있어서의 시인의 순수 고독과 동의어의 관계에 있다는 것은 두말할 것도 없이, 시인이 이행하고 있는 언어의 순수성이 사회적 윤리와 인간적 윤리를 포함할 수 있을 만한 적극적인 것이어야 한다고 주장한 것이다. 언어의 순수성이 시인의 순수 고독과 동의어라는 것은 존재의 순수성과 존재의 절대성을 말하는 것이다. 고독은 존재자와 사물들과의 거리를 말하는 것이므로 세계 내에서의 존재며 그것은 실존을 의미한다.

시작은 모든 예술이 그러하듯 놀이다. 즐거움이다. 시 쓰기의 고통이 있다고는 하지만 한 편의 시를 쓰고 난 후의 희열에 비하면 얼마든지 감내할 수 있는, 감내하고픈 고통이다. 시작은 어떤 제약도 규제도 없는, 시인의 완전한 자유의지의 행위다. 상상의 세계를 실현한 시인의 세계이며 작은 우주다. 시인에게 시에 대한 책임을 묻는 사회는 억압의 사회며 시인을 박해하는 국가는 통제와 공권력의 폭력성이 일상화된 비정상적인 국가다.

시작은 언어를 작위하는 가장 결백한 행위다. 문제는 작위되는 언어다. 횔더린은 1800년에 쓴 산문에서 "언어는 온갖 재보 가운데서도 가장 위험하다고 할 만한 것"이라고 경고한다. 필화라는 말이나 설화라는 말이 있다. 두 말 모두 언어의 위험성을 지적하는 말이다. 언어가 인간에게 재보임에는 틀림없다. 언어는 문화이고 문명이고 역사이고 민족이기 때문이다. 그런 언어가 위험한 재보라는 것이다.

한정우는 남구만 신인문학상을 수상하며 문단에 나왔다. 그녀는 유려한 문장과 선명한 이미지와 고급한 은유를 구사하며 자신의 시 세계를 확고하게 구축해왔다. 그녀가 바라보는 곳은 사물의 본질이며 시가 닿고자 하는 그 너머이다. 이러한 그녀의 시적 태도가 그녀의 문학적 성장을 담보하는 것이라고 믿는다.

한정우가 위험한 재보인 언어의 무한 질료를 어떻게 사용하면서 언어의 절집을 지었는지가 궁금하다. 그녀의 시집을 압도하는 주제는 죽음이다.

바다로 가는 강릉발 고속버스는 지금
예보 없이 몰려온 먹구름 속을 혼신으로 달리고 있어
곧 장대비가 퍼부을 것만 같은 깊은 두께의 구름
마침내 천둥을 동반한 짙은 먹색 비를 퍼붓기 시작했어

집을 나서기 전, 비둘기 날개처럼 펼쳐 넌 옥탑 마당의 하얀 수건

비의 무게로 휘청이다가
먹비에 물든 비둘기 날개 되어, 툭툭 떨어져

죽어 있을지도 모를

거친 비가 쏟아지면
좁은 마당은 젖은 비둘기 날개로 가득 덮일 거야 덮인 적이 있었어
버스를 되돌려 옥탑으로 가는 동안 모든 상황은 이미 끝이 나 있
을 거야

아 그예 죽었구나

햇볕 펄펄 끓던 여름 한내,
옥탑의 기온이 상승한 만큼의 높이로 비둘기가 날아올라
기어이 날아간 적도 있었어
그곳에는 아무것도 남아 있지 않아
너무 춥거나 엄청난 비가 오거나 무지하게 덥거나

죽거나 혹은,
아주
날아가거나

강릉발 버스는 먹구름 속을 막 통과했어
— 「죽거나 혹은,」 전문

   강릉발 버스에 화자가 타고 있다. 화자는 바다로 가
는 중이다. 여행 중에도 그녀가 살고 있는 옥탑방은 그녀

의 뇌리를 떠나지 않고 있다. 옥탑방은 화자의 의식을 지배하는 폐쇄 공간에 다름 아니다. 깊은 두께의 구름이 먹색 비를 퍼붓기 시작할 것을 예감하는 화자다. 집을 나서기 전 펼쳐 넌 마당의 하얀 수건이 비를 맞아 비의 무게로 휘청이다가 비둘기 날개 되어 마당으로 툭툭 떨어져 죽어 있을지도 모르는 상상은 불안과 슬픔의 정조를 반영하고 있는 것이다.

화자는 버스를 되돌려 옥탑으로 돌아간다. 비둘기 날개의 불안 때문이다. 먹비에 물든 비둘기 날개가 툭툭 떨어져 죽어 있을지도 모르기 때문이다. 불안한 예감은 언제나 정확해서 옥탑으로 가는 동안 거친 비가 쏟아져 내려 좁은 마당은 비둘기 날개들로 가득 찼다. 탄식이 쏟아진다. "햇볕 펄펄 끓던 여름 한때,/ 옥탑의 기온이 상승한 만큼의 높이로 비둘기가 날아올라/ 기어이 날아간 적도 있었"다고 자위하는 화자다. 그러나 그곳에는 아무것도 남아 있지 않았다. 너무 춥거나 엄청난 비가 오거나 무지하게 덥거나 했던 것이다. 그리하여 탄식하는 것이다.

"아 그예 죽었구나"

좁은 마당에 쏟아져 내린 것은 비둘기 날개가 아니고 화자의 불안한 의식일 것이다. "죽거나 혹은,/ 아주/ 날아가거나// 강릉발 버스는 먹구름 속을 막 통과했"다고 선언한다. 선언의 바탕은 불안과 초조이다.

한정우에게 삶의 공간은 쓰여지지 않은 시들로 가득 찬 축복의 공간이다. 그녀의 눈길이 머무는 곳에 시들이 웅크리고 있을 것이다.

저 문을 열고
아흔아홉 번의 봄이 오고
유성처럼 가을이 소리 없이 다녀갔다
새는 등 위에 흰 구름을 얹고 건너와
마당가 대추나무에서 녹색의 계절을 살다 가곤 했다
어느 새벽 다급한 손이 등을 후려 잠에서 깨어났을 때
검은 날개를 펼친 늙은 영혼이 새벽 찬 바람을 앞세우고
대문을 나서는 것이었다
나는 밤마다 마당 한가운데 서서
쏟아져 내리는 별을 다 받아 삼켰다
별을 삼킬 때마다 눈에서 왈칵왈칵 참꽃이 피는 것이다
흔들리는 착란의 순간을 어둠의 뒤안으로 밀어내고 있다
나는 드나드는 별과 바람의 파수꾼,
바람은 낡은 문 앞에서 방향을 꺾는다
─「대문」 부분

"저 문을 열고/ 아흔아홉 번의 봄이 오고/ 유성처럼 가을이 소리 없이 다녀갔다"는 장소는 어디인지 불분명하

다. 아마도 화자의 상상의 공간일 것이지만 화자의 고향은 아닐까. 마당가 대추나무와 대추나무에 살다 간 녹색의 계절은 여름일 것이다. 대추나무가 있는 집의 비극은 검은 날개를 펼친 늙은 영혼이 살고 있다는 것이다. 늙은 영혼을 보내야 하는 일은 후손들이 극복해야 할 슬픔이어서 늙은 영혼은 새벽 찬바람을 앞세우고 대문을 나서게 했다.

화자는 늙은 영혼이 살고 있는 집에서 유년을 보냈다. 그녀는 밤마다 마당 한가운데 서서 쏟아져 내리는 별들 다 받아 삼켰다. 별을 삼킬 때마다 눈에서 왈칵왈칵 진달래가 피는 것이었다. 그러한 순간들은 착란의 순간이어서 흔들리는 착란의 순간들을 어둠의 뒤안으로 밀어내고 있었다.

화자는 늙은 영혼이 살고 있던 음습한 집안으로 드나드는 별과 바람을 지키는 파수꾼이다. 바람은 낡은 문 앞에서 방향을 꺾는다. 바람이 집안으로 불어오지는 않았던 것이다. 화자가 대문을 지키고 있었기 때문일 것이다. 바깥세상과 단절된 생활은 트라우마로 남아 시편의 곳곳에 출몰한다.

죽음의 노래는 계속된다. 「산국」 「떼뿌루여」 「묘묘猫墓」 「노루실 사람들, 그 후」 「파시」 「검은 별」 「전설」 「새 2」 「만조」 「새를 낳는 남자」 「제비꽃」 「비의 무덤」 「고래섬」

「바람의 장지葬地」「너는」「고지를 위하여」「미술관은 내 부수리 중」「틀」 등이다.

어느 새벽 다급한 손이 등을 후려 잠에서 깨어났을 때
검은 날개를 펼친 늙은 영혼이 새벽 찬 바람을 앞세우고
대문을 나서는 것이었다
　　　―「대문」 부분

혼신을 다해 나는 이별했지만 산국은
극악한 울음 대신 웃음소리 거칠 뿐
죽어서도 노란 피를 쏟으며 끝내
그림자를 짓지 않는다
　　　―「산국」 부분

해변가로 밀려와 짧은 생을 누인 어린 물새야
엉치를 끌며 동죽을 줍는 저 눈물 비린 행색들아
패총 더미를 기어나와 소금바람 위에
다시 21세기 조개껍질을 쌓는 나릿개 아이들아
안녕 안녕
　　　―「떼뿌루여」 부분

몰아쉬는 숨에서 몰아치는 바람 소리가 났다
흰 털빛이 흙빛으로 돌아가는 순간이었다

잿가루는 민들레 꽃밭에 털었다

등뼈 솟은 묘묘 위에 하얀 민들레다
― 「묘묘猫墓」 부분

죽은 느티나무를 실은 장의 버스는
지금, 행방불명 중

육중한 장의 바퀴는 잠자는 나의 목을 누르며
날카로운 비명 속을 이미 관통하고 있었다

'노루실 사람들'을 쓴 후 사 년,
그곳 오백 년 느티나무가 죽었고
노루 궁뎅이 닮은 늙은 여인들도 죽었고
― 「노루실 사람들, 그 후」 부분

항구가 사라진 바다로부터 밤이 오고, 밤이 오면
고동을 불며 난파선을 걸어 나오는 죽은 어부
다시 전봇대가 세워지고, 항구가 세워지고
아무도 없는 파시가 열리고,

파도의 끝이었던 그 섬
― 「파시」 부분

위의 예문들은 모두 죽음의 이미지들이다. 「대문」의 "검은 날개를 펼친 늙은 영혼이 새벽 찬 바람을 앞세우고/ 대문을 나서는 것이었다"나 「산국」의 "혼신을 다해 나는 이별했지만 산국은/ 극악한 울음 대신 웃음소리 거칠 뿐/ 죽어서도 노란 피를 쏟으며 끝내/ 그림자를 짓지 않는다"나 「떼뿌루여」의 "해변가로 밀려와 짧은 생을 누인 어린 물새야/ 엉치를 끌며 동죽을 줍는 저 눈물비린 행색들아/ 패총 더미를 기어나와 소금바랄 위에/ 다시 21세기 조개껍질을 쌓는 나릿개 아이들아/ 안녕 안녕"이나 「묘묘猫墓」의 "몰아쉬는 숨에서 몰아치는 바람 소리가 났다/ 흰 털빛이 흙빛으로 돌아가는 순간이었다/ 잿가루는 민들레 꽃밭에 털었다// 등뼈 솟은 묘묘 위에 하얀 민들레다"나 「노루실 사람들, 그 후」의 "죽은 느티나무를 실은 장의 버스는/ 지금, 행방불명 중// 육중한 장의 바퀴는 잠자는 나의 목을 누르며/ 날카로운 비명 속을 이미 관통하고 있었다"나 「노루실 사람들, 그 후」의 "'노루실 사람들'을 쓴 후 사 년,/ 그곳 오백 년 느티나무가 죽었고/ 노루 궁뎅이 닮은 늙은 여인들도 죽었고"처럼 죽음의 이미지들이 집중적으로 배치되어 있는 것이다.

별의 출현은
커피의 농담이 포화된 순간이었다

별 하나 입 안에 돈다

나는 유난히 밝은 한 마리 별을 포획했고

우리는 순응의 순리를 익히며 스스로를 결박했다
그토록 화려했던 당신이 어둠으로 옮겨지는 유성의 시간

별은 커피의 침전처럼 입 안에서 쓰고 거칠다
입 안의 당신, 당신의 거리는 어디쯤일까
별로 만난 당신의 거리는 어느 행성의 거리쯤일까

우리는 지금 검은 별로 쏟아지려 한다

하늘 폭 가늘어 내 영토 다 껴안지 못하고
나의 영토 좁아 뛰어내리는 별, 다 품지 못했으니

우리는 이별의 순리를 익히고 이별의 순리에 순응하고
스스로의 결박을 풀려 한다
　—「검은 별」 전문

커피는 입 안에서 별 하나를 돈게 한다. 그때의 별은 살
아 있는 생물이어서 유난히 밝은 별 한 마리를 포획할 수
있었을 것이다. 별과 당신과 커피는 동격이다. 그러므로 입

안에 돋는 별이나 유난히 밝아 포획당한 별은 당신이다.

당신은 순응의 이치를 익혀 스스로를 결박했고 그토록 화려했던 당신은 어둠으로 옮겨져 초라해지고 말았다. 당신의 이름은 입 안에서 쓰고 거칠고 멀어졌다. 별로 만난 당신의 거리는 어느 행성의 거리쯤일지 모른다. 당신은 가깝다 싶으면 멀고, 멀다 싶으면 가깝게 다가왔다.

우리는 지금 검은 별로 쏟아지려 한다. 시작하기도 전에 종말을 맞게 되는 건 비극이다. 우리가 그렇다. 검은 별로 쏟아지려는 순간의 당신은 이미 죽은 사람이거나 잊혀진 사람이다. 하늘 폭이 얼마나 좁았으면 그녀의 영토를 다 껴안지 못했을까. 그 좁은 영토로 뛰어내리는 당신이라는 별, 그 별을 그녀는 다 품지 못했다. 그리하여 이별의 순리를 익히고 이별의 순리에 순응하여 스스로의 결박을 풀려는 것이다. 이별의 순리를 받아들이는 것으로 보아 이루어질 수 없는 관계에 놓인, 슬픈 사랑일 것이다.

나 사는 곳은 안개 깊은 곳

헤어날 수 없는 골골 산골짝

길 잃은 길손과 산짐승들이 헤매이다

안갯속에 빠져 죽었다는 고독한 전설이 묻힌 곳

어느 곳으로부터 오는지

봄여름가을겨울 파랑새만 길게 울다 가는 곳,

파랑새 울음은 내가 배운

맨 처음 언어이고 노래이고 사랑이고 이별이어서
기어이 영혼을 부르는 말, 그것은
파랑새의 울음으로 기록한 은밀한 묵시록

언젠가 함께 묻힐 저 파랑새를 위한
물항라 푸른 관을 짜느니
안개는 깊은 잠 위에 내려 푸른 관을 덮느니
―「전설」 전문

「전설」은 서러움이 묻어나는 노래다. 화자가 사는 곳은 안개 깊은 마을이다. 비밀스럽고 두려운 곳이다. 길손이 안개 속에 **빠져** 죽었다는 고독한 전설이 묻힌 곳이다. 그 산골짝에는 봄 여름 가을 겨울 파랑새가 찾아와 운다. 파랑새 울음은 화자가 배운 처음 언어고 노래고 사랑이고 이별이다. 그러므로 파랑새의 울음은 영혼을 부르는 말이며 은밀한 묵시록이다.

화자는 언젠가 파랑새와 함께 묻힐 운명을 예감한다. 그러기 위해 물항라 푸른 관을 짜 두었다가 파랑새와 함께 관에 들어야 할 것이다. 안개는 화자의 깊은 잠 위에 내려 푸른 관을 덮어야 할 것이다.

새는 우주의 궤도를 날았다
우주를 안은 새는

큰 바위 자궁 속으로 들어가
작열하게 죽어갔다

죽은 새는 원초적 알을 낳았다
죽은 새는 영원이었다
죽은 새는 푸른 종교가 되었다
― 「새 2」 부분

먼발치에서
낙조에 흥건해지는 보랏빛 매혹을 보았다
매혹의 시간은 한순간, 일몰의 시간은 더 짧다
죽음의 시간에 좀 더 다가갔다
죽음의 색깔이 좀 더 분명해졌다

나는 두렵지 아니하다

여름과 겨울, 물과 불을 거쳐

미완의 한 치 문장만 남았다
― 「만조」 부분

새는 우주의 궤도를 날았다. 우주를 안은 새는 우주 속
으로 들어가 죽었다. 죽은 새가 알을 낳았다. 여기서부터

신화적 상상력이 펼쳐진다. 죽은 새가 푸른 종교가 되기 위해서 영원해야 하는 것이다.

낙조에 흥건해지는 보랏빛 매혹은 죽음의 빛깔이다. 일몰의 순간에 서쪽 하늘을 물들이는 보랏빛 낙조는 분명한 죽음의 빛깔인 것이다.

죽음이 두렵지 않은 화자는 여름과 물과 불을 거쳐 미완의 문장으로 남게 되었다. 문장이 미완이라면 화자가 미완의 삶을 사는 것이다. 삶은 언제나 미완이다. 다 이루지 못하고 세상을 떠나는 것이 인간의 삶이다.

새가 날아와 앉은 키 작은 보리수는 지난봄,
저 새를 낳았을까
한 줄 휘파람으로 하늘 너머 새를 부르는 이 남자는,
저 새를 낳았을까

단언컨대
새의 아비는 새가 아니리
새의 어미는 새가 아니리

보리수 열매 알알이 짚어
발톱 끝 붉어지는 새
온몸 호사로운 붉은 새

남자의 몸속으로 섬세하게 파고드는
지난겨울, 죽은 새 떼들의 검고 긴 부리를 보았다
죽은 새들의 귀가 열린다

그 남자, 날개 날개 깃털로 부서진다

붉은 열매 정원수는 남자의 심장을 대신 달고
남자의 심장으로 서서
죽은 새와 산 새를 번갈아 부르고 불러대다

바람의 경계를 날아
바람을 뚫고 몰려오는 새 떼들의 비상
그 남자의 중심으로부터 날개를 세운다
　　―「새를 낳는 남자」 전문

　키 작은 보리수가 지난봄 저 새를 낳았을까. 아니면 한
줄 휘파람으로 하늘 너머 새를 부르는 이 남자가 저 새를
낳았을까. 의문은 계속되지만 답을 찾을 생각은 없다. 어
떤 것이 새를 낳았어도 상관없는 것이다. 새가 지상에 존
재하면 그만이다. 그러나 새가 새를 낳았으리라고 생각하
지는 않는다. 그러므로 새의 아비는 새가 아니고 새의 어
미는 새가 아니라고 단언한다. 새는 시인의 이미지 속에
존재한다. 이미지는 현실이고 빛이고 그늘이다. 이미지는

지향성이고 방향이고 그림자다.

이미지를 위해 지적 체계를 정비하고 이미지를 위해 색깔을 고른다. 이미지를 위해 언어를 선택하고 이미지를 위해 광야를 걷는다. 이미지는 삶이고 고난이고 투쟁이고 전리품이다.

새를 낳지 않은 보리수와 휘파람으로 하늘 너머 새를 부르는 남자도 새를 낳지 않았다. 단언컨대 새의 아비는 새가 아니고 새의 어미도 새가 아니다. 새를 낳은 것은 화자의 선명한 이미지다. 화자에게 새는 새가 아닌 이미지로 각인되어 있다. 새는 바다일 수도 있고 산맥일 수도 있다. 새는 죽음일 수도 있고 새는 탄생일 수도 있다. 이미지의 자유스러움이 수많은 이미지를 거느린다. 새가 앉아 있는 나무는 보리수다. 깨달음의 나무다. 이미지는 깨달음에 다름 아니다. 깨달음의 새는 발톱이 붉어지고 온몸이 붉은색으로 찬란해진다. 호사로운 새가 된다. 시는 절정으로 치닫는다.

"남자의 몸속으로 섬세하게 파고드는/ 지난겨울, 죽은 새 떼들의 검고 긴 부리를 보았다/ 죽은 새들의 귀가 열린다"

귀가 열려 있어 세상의 온갖 소리를 듣는 죽은 새는 죽은 것이 아니다. 소리는 세상의 모든 것이다. 소리 속에 세상의 온갖 절망과 희망, 좌절과 극복, 탄생과 죽음의 소리들이 있다. 지난겨울에 본 죽은 새 떼들의 검고 긴 부리는 세상을 향해 열려 있는 창이거나 세상으로 나가는 계단이다.

남자가 깃털로 부서지고 나서 정원수는 남자의 심장을 대신 달고 남자의 심장으로 서서 죽은 새와 산새를 번갈아 부른다. 귀가 열려 있는 죽은 새는 죽은 새가 아니다. 살아 있는 새다. 죽음과 삶의 경계가 무너지고 삶과 죽음이 하나로 이루어지는 순간이다. 환생이거나 불멸의 순간이다. 불교석 생사관일 수도 있다. 깃털로 부서져 내린 남자의 중심으로 바람의 경계를 날아 비상하는 새 떼들의 무수한 점 점 점들이 밀려든다. 새를 낳는 남자의 날개가 이루는 풍경이다.

죽음의 노래는 계속된다.

내려앉는 골목길이 가늘게 떨린다
기우는 길 끝에 제비꽃이 이운다
파르르 떠는 초저녁 울음 얹어
어두워지는 골목 끌어내린다

제비꽃 창백한 울음 던지고
기울어가는 길 버리고, 뛰어내린

보랏빛 절명

―「제비꽃」전문

죽음의 묵중함이 무덤의 깊이인 걸 알고 있는지
혼자 눈 감는 고독한 수행을 말해줄 수 있는지

슬쩍 귀를 들어 나의 질문을 들으려 마라
지금이라도 눈꺼풀 들어 가늘게 눈이라도 뜬다면
그건 죽음에 대한 배반일 것이다
돌아가라
이제 너를 위해 울어줄 새도 없다

떨리고 피로해진 걸음으로 조락의 풍경을 벗어나
애도의 시간에서 멀어진 너의 죽음 앞에서도
나는 첫 시를 짓지 못했으니 시에 대한 배반이었다
지금 이 비를 덤덤히 흘려보낸다면 그건 나를 부정할 일이다

비의 무덤 속으로 들 일이다
―「비의 무덤」부분

아버지가 바다 밑에 쌓은 고래섬은
난파선이 퇴적된 어부의 무덤이라 하셨지요
암청빛 파도가 배를 삼킨 밤이 지나면
고래섬은 더 커져 있었대요

아버지가 그 고래 등에 업힌 날, 고래섬이
작살을 맞은 듯 피를 뿜으며 몰락해버렸죠
그 후, 고래섬 이야기를 들어본 적이 없습니다
　　　　　　　　　　　　　　　—「고래섬」 부분

남풍 따뜻한 하늘등성이
숭숭숭 구멍을 낸 바람의 장지로
새들이 날아온다
고라니 떼, 길을 세워 세모로 달려온다
바람보다 가벼운 뼈를
바람 깊숙이 묻어 스스로를 풍장한다
　　　　　　　　　　　　　　—「바람의 장지葬地」 부분

부러져 마디마다 솟은 가슴뼈를 기억하고
푸른 멍으로 핀 이름 없는 꽃송이를 헤아리고
꽃잎 위로 모여드는 검은 나비의 의미를 알아차린

죽음을 예감한 후
죽음보다 먼저 이 세상을 떠난 너는,
눈풀꽃 맑은 눈물로

그냥, 간드러지게 웃고 있었다
　　　　　　　　　　　　　　　　—「너는」 부분

비는 현충원 무덤가, 포석을 두드린다
젖은 돌멩이가 짤막하게 무표정하게 일어선다
누워 있는 자, 갇힌 자, 말 없는 자, 무딘 자들이 활발해진다
나는 무딘 자, 정수리를 뚫고 섬광이 지난다
정수리로 쏟아지는 비는 내 안의 소란을 위하여
더욱 활발해진다

오래전에 죽은 시간을 위하여
누워 있는 타인의 묘비를 위하여
붉은 무덤가의 곡비를 위하여

늙은 일병의 고지를 향한 긍지를 위하여
살아서는 넘지 못한 분단의 고지를 위하여
비로소 죽어야만 오를 수 있는 현충원, 저 높은 고지를 위하여
총탄의 상흔보다 깊은, 검은 음각의 묘비명을 위하여
늙은 일병 김환민의 거룩한 묘비명을 위하여

비는 더 활발해져야 한다
—「고지를 위하여」 전문

죽음의 노래는 한층 비감해진다.「제비꽃」은 "파르르
떠는 초저녁 울음 얹어/ 어두워지는 골목 끌어내린다//

제비꽃 창백한 울음 던지고/ 기울어가는 길 버리고, 뛰어내린// 보랏빛 절명"으로 이루어진 작품이다. 제비꽃은 울음이며 보랏빛 절명이다. 스스로의 생명을 버린 꽃이다. 골목길이 가늘게 떨리는 이유이기도 하다. 파르르 떠는 초저녁 울음인 제비꽃은 절명의 꽃이다.

「비의 무덤」의 "죽음의 묵중함이 무덤의 깊이인 걸 알고 있는지/ 혼자 눈 감는 고독한 수행을 말해줄 수 있는지// 슬쩍 귀를 들어 나의 질문을 들으려 마라/ 지금이라도 눈꺼풀 들어 가늘게 눈이라도 뜬다면/ 그건 죽음에 대한 배반일 것이다/ 돌아가라/ 이제 너를 위해 울어줄 새도 없다"는 선언은 죽음을 더욱 무겁게 한다. 비의 무덤 속으로 든다면 그 죽음이 낭만적일 수 있을까. 죽음 앞에서 낭만을 말하는 것은 사자 모독일 것이다. 어떤 죽음도 낭만은 아니다. 그러니 비의 무덤은 무덤에 대한 모독일 수도 있을 것이다.

「고래섬」은 또 어떤가. "아버지가 바다 밑에 쌓은 고래섬은/ 난파선이 퇴적된 어부의 무덤이라 하셨지요/ 암청빛 파도가 배를 삼킨 밤이 지나면/ 고래섬은 더 커져 있었대요/ 아버지가 그 고래 등에 업힌 날, 고래섬이/ 작살을 맞은 듯 피를 뿜으며 몰락해버렸죠/ 그 후, 고래섬 이야기를 들어본 적이 없습니다"라고 한다. 고래섬이 어부의 무덤인 것은 운명이라고 말할 수밖에 없다. 어부의 죽음의 배후는 바다이고 바다는 수장되는 수많은 주검을 받아 안은 것이다. 어느 바다이건 용궁이 있을 것이고 용궁에는 명부전이 있어 바다에 영혼을 바친 어부들을 기릴 것이다. 고래섬은 작살을 맞은 듯 피를 뿜으며 가라앉았을 것이고 어부였던 아버지는 난파선과 함께 수장되었을 것이다. 난파선을 삼킨 밤이 지나자 고래섬은 더 커져 있었고, 후일담으로 고래섬을 말하는 사람은 없었다.

「바람의 장지葬地」 역시 죽음을 노래한 작품이다. "남풍 따뜻한 하늘등성이/ 숭숭숭 구멍을 낸 바람의 장지로/ 새들이 날아온다/ 고라니 떼, 길을 세워 세로로 달려온다/ 바람보다 가벼운 뼈를/ 바람 깊숙이 묻어 스스로를 풍장한다". 그렇다. 하늘 등성이 숭숭숭 구멍을 낸 바람의 장지로 새들이 달려와 바람보다 가벼운 뼈를 바람 깊숙이 묻어 스스로를 풍장하는 새 떼다. 바람의 장지로 몰려온 새들이 바람보다 가벼운 뼈들을 바람 깊숙이 묻어 육탈이 되기를 기다려 흰 뼈를 부리로 물고 날아오르는 상상은 장엄하고도 슬프다.

「너는」에 이르러 슬픔은 지극한 감정에 다다른다. "부러져 마디마다 솟은 가슴뼈를 기억하고/ 푸른 멍으로 핀 이름 없는 꽃송이를 헤아리"며 "꽃잎 위로 모여드는 검은 나비의 의미를 알아차"리는 화자다. 화자가 죽음을 예감하고 "죽음보다 먼저 이 세상을 떠난 너"를 소환할 때 너는 "눈풀꽃 맑은 눈물로// 그냥, 간드러지게" 웃는 것이다. 간드러진 웃음 뒤에 고여 있는 출렁이는 눈물을 헤아리는 일은 어렵지 않다.

「고지를 위하여」에 이르러 화자는 절규한다. 장소는 현충원이고, 비 오는 날이다. 비석마다 빗물이 눈물로 흘러내리는 날이다. 비는 화자의 정수리로 쏟아져 내린다. 정수리로 쏟아져 내리는 비가 더욱 세차게 내려야 한다고 주문하는 화자. 늙은 일병의 고지를 향한 긍지를 위하여 비는 세차게 내려야 하고 "살아서는 넘지 못한 분단의 고지를 위하여" 비는 세차게 내려야 하고 "비로소 죽어야만 오를 수 있는 현충원, 저 높은 고지를 위하여" 비는 세차게 내려야 하고 "총탄의 상흔보다 깊은, 검은 음각의 묘비명을 위하여" 비는 세차게 내려야 하고 "늙은 일병 김환민의 거룩한 묘비명을 위하여// 비는 더 활발해져야 한다"고 노래한다. 비는 조국에 대한 사랑의 척도다. 병사들의 마르지 않는 눈물이다.

죽음의 노래와 대척의 자리에 생명의 노래가 있다. 한정우에게 죽음과 삶은 하나다. 생명은 그녀에게 순환하는 시간관의 소산이기도 하다. 소멸하지 않는 생명이야말로 그녀의 시 세계를 관통하는 정신이다.

그날, 수풀 속에 묻혀 있던 녹슨 창고 문이 열리지 않았다면 아마 나는

이토록 우아한 일기장을 보지 못했을 거다

국지성 소나기가 극성으로 퍼붓는다
극성의 빗길을 따라가는 것은
골짜기를 흘러나오는 기이한 연기 같은 기억이다

한참을 들어가도 숲은 비어 있고
빈 숲을 감도는 스산한 냉기에 흠칫해졌다
얼마를 더 들어갔을까
군데군데 부러진 굴참나무 가지 위에
기운 채 걸쳐 있는 녹슨 창고를 보았다
공중에 떠 있는 마치 버려진 오레오를 보는 듯

창고 밑을 드나드는 것은 바람과 들쥐와 상수리 열매
고목이 된 굴참나무는 발을 들어 뿌리를 내어주고
바람과 들쥐와 상수리 열매는 뿌리를 파먹으며
창고를 떠받치고 있었다

빗장을 푸는 건 숨 가쁜 경험이다

창고 안에도 비가 줄기찼다
서가가 있던 나의 작은방에 이처럼 비가 많이 내리던 날
불이 꺼지고 문이 잠겼던 것처럼 이 안은 어둡고 춥다
안쪽 벽에는 비의 서체로 빼곡하게 쓰여진 일기가 얼룩으로 번

져 있다

　　빗소리는 내가 울고 있는 울음이라고

　　그치지 않을 울음은 나만 알고 있는 비가여서 우아한 것이라고

　　비가는 오래도록 묻어두어야 할 나만 알고 있는 비망이어서

　　비의 서체로 기록하는 것이라고

　　다시는 열리지 않을 비의 창고

　　나, 이토록 우아한 비를 아직 본 적이 없다

　　─「우아한 일기장」 전문

　　우아한 일기장은 화자의 비의의 창고다. 그곳에는 화
자의 일상과 고뇌와 희망과 절망이 기록되어 있었을 것이
다. 수풀 속에 묻혀 있던 녹슨 창고의 문은 상상의 문이며
마음속에 지어두고 있던 비밀한 장소다. 창고 문이 열리
고 비밀한 내면의 공간이 드러난다.

　　국지성 소나기는 비밀한 장소를 더욱 비밀스럽게 끌고
가는 덫이다. 극성스럽게 퍼붓는 국지성 소나기를 맞으며
따라 들어가는 빗길은 기이한 연기 같은 길이었다. 숲은
비어 있었고 빈 숲을 감도는 스산함에 흠칫 놀라기도 한
다. 한참을 들어가자 부러진 굴참나무 가지 위에 녹슨 창
고를 발견한다. 그것은 마치 공중에 떠 있는 버려진 오레
오를 보는 듯했다. 창고 밑을 드나드는 것은 바람과 들쥐

와 상수리 열매였다. 바람과 들쥐와 상수리 열매는 뿌리를 파먹으며 창고를 떠받치고 있었다.

"빗장을 푸는 건 숨 가쁜 경험이다"

이 한 문장에 「우아한 일기장」의 비의가 숨어 있다. 화자가 왜 그 사실을 밝혔는지 알 수 없지만 「우아한 일기장」이라는 비밀한 장소를 찾아가는 길을 예표하고 싶었는지도 모른다. 빗장을 풀면 한 생애가 모두 드러난다는 사실을 화자는 알았을 것이다. 은둔의 일생을 생각하면 가슴에 맺힌 것들이 풀리지 않는 답답함이 있었을 것이다. 비밀을 미리 밝혀 환한 생애를 건너고 싶었을 것이다. 그 길이 우아하게 한 생을 건너는 길이라는 걸 깨달았을 것이다.

「노루실 사람들」 또한 생명력이 넘치는 노래다.

무너미고개를 넘는 사람들

무너미고개 너머
노루가 모여 살던 마을
오백 년 나이테를 두른 느티나무 아래
노루 궁뎅이를 닮은 늙은 여인들이

궁뎅이를 맞대고 살고 있다
오백 년 옹이 박힌 손등마다
새순을 틔우며 살고 있다

노루실 사람들은 무너미 하늘을 바라보며
밤마다 흰 노루 꿈을 꾼다
—「노루실 사람들」전문

　노루실 사람들은 "오백 년 나이테를 두른 느티나무 아래/ 노루 궁뎅이를 닮은 늙은 여인들이/ 궁뎅이를 맞대고 살고 있다". 평생 농투성이로 살아 손마디에 옹이가 박혀 살고 있다. 그녀들이 밤마다 무너미 하늘을 바라보는 것은 그녀들의 마지막 희망이다. 저 무너미를 넘으면 천국일 것이라고 아니 극락일 것이라고, 이 풍진 세상을 잘 견뎌 왔다고, 그러니 저 무너미를 넘어 영원한 거처로 가고 싶다는 생각을 하며 살고 있었을 것이다. 그러니 밤마다 무너미를 넘는 흰 노루 꿈을 꾸는 것이다.

　「마분馬糞」은 경마장 근처에 사는 사람들 이야기다.

한때, 경마장 근처 이웃이었던
선바위마을 사람들이

창문을 열고 불러대던, 그때처럼

이젠 뿔뿔이 흩어진 그 사람들이
스마트폰 창을 열고 부윰해진 화면과 흑백 이름들을
꾸역꾸역 불러들인다
코를 찌르는 말똥 냄새가 미세하게 날린다
화면이 정지된다
목젖까지 달려와 독하게 엉겨 붙는 마분은
과천벌을 달리던 검은 말들의 질주,
과거를 달려 창의 경계를 넘는 말들이
끈적한 눈빛으로 화면을 응시한다

목젖을 더듬는다
달려오는 말발굽 소리 창창하다
목젖을 지나 다시 창을 향해 내달린다
확대된 화면은 말발굽 소리를 따라 빠르게 움직인다
자욱하게 창을 덮는 마분

창을 닫는다
말발굽 소리 멀어진다
　　―「마분馬糞」 전문

경마장 근처, 선바위마을에 살았던 경험이 있는 시민들

이라면 고개를 끄덕일 시다. 이제는 뿔뿔이 흩어져 어디선가 살아가고 있을 이웃들은 지금도 코를 찌르는 말똥 냄새를 기억하고 있을 것이다. 그러므로 이 작품은 회고 지향의 시다.

스마트폰 속에 저장되어 있는 그때의 풍경과 사람들을 꾸역꾸역 불러들이는 것은 그때의 삶이 힘들었으나 이곳을 떠나 사는 것이 희망이었기에 말발굽 소리가 진군하는 소리로 들렸을 것이다. 소망하는 것은, 그리하여 희망이 보인다는 것은 축복이다 비록 목젖까지 달려와 독하게 엉겨 붙던 마분은 다시 목젖을 지나 창을 향해 달리고 확대된 화면은 말발굽 소리를 따라 빠르게 움직이는 것이다. 자욱하게 창을 덮는 마분, 창문을 열고 이웃 아낙을 불러대던 그때 경마장 근처의 생활은 달려오는 말발굽 소리처럼 창창했다.

결빙의 시간
겨울과 여름을 오가는 순환 버스가 이 마을을 순환하고 있다
마을 끝에서 우리들의 겨울 저고리가 펄럭이고
끝나지 않을 순환의 고리에 매달려 우리는 지금
결빙의 시간을 건너려 한다

아직 가 닿지 않은 반대편 대지에는 해빙의 물이 흐르고
썩은 씨앗을 골라내는 따스한 손과 바람이 있다

우리들은 곡식 창고가 길게 늘어선 광활한 대지 위로
간혹, 새들 날아드는 하늘을 목격하기도 한다
황금 들녘을 차곡차곡 쌓아둔 곡식 창고가 팽창하고
팽창하던 벽이 허물어지면 우리는 다시 겨울로 가야만 한다
— 「순환 버스」 부분

「순환 버스」는 결빙의 시간 건너 반대편 대지에 흐르는 해빙의 봄물과 썩은 씨앗을 골라내는 따스한 사람들과 바람의 노래다. 순환 버스는 겨울과 여름을 오가는 계절이다. 마을 끝에서 겨울 저고리가 펄럭이고 끝나지 않을 순환의 고리에 매달려 우리는 지금 결빙의 시간을 건너려 하고 있다.

"우리들은 곡식 창고가 길게 늘어선 광활한 대지 위로/ 간혹, 새들 날아드는 하늘을 목격하기도 한다/ 황금 들녘을 차곡차곡 쌓아둔 곡식 창고가 팽창하고/ 팽창하던 벽이 허물어지면 우리는 다시 겨울로 가야만 한다"

우리가 쌓아놓은 곡식 창고의 곡식들은 우리들의 양식이 될 것인지를 진지하게 묻는다. 수많은 곡식을 쌓아두고 주인이 그 밤에 하늘나라로 불리어 간 성경 속의 인물도 있다. 그 일화처럼 곡식창고가 팽창해지고 팽창하던 벽이 허물어지면 우리들은 다시 겨울로 가야 한다고 경고

하는 것이다. 시정신은 인간의 온갖 욕망 위에 있다는 것을 말하려는 것은 아닌지 모른다. 끝

달아실시선 66

우아한 일기장

1판 1쇄 발행	2023년 6월 30일
지은이	한정우
발행인	윤미소
발행처	(주)달아실출판사
책임편집	박제영
디자인	전부다
법률자문	김용진, 이종진
주소	강원도 춘천시 춘천로 257, 2층
전화	033-241-7661
팩스	033-241-7662
이메일	dalasilmoongo@naver.com
출판등록	2016년 12월 30일 제494호

ⓒ 한정우, 2023
ISBN 979-11-91668-78-0 03810